그림자 친구

그림자 친구

발　행 | 2022년 11월 24일
저　자 | 정승연
펴낸이 | 한건희
펴낸곳 | 주식회사 부크크
출판사등록 | 2014.07.15(제2014-16호)
주 소 | 서울특별시 금천구 가산디지털1로 119 SK트윈타워 A동 305호
전 화 | 1670-8316
이메일 | info@bookk.co.kr

ISBN | 979-11-410-0203-9

www.bookk.co.kr

그림자 친구

다운증후군과 **근육병**이 있는 아이들의 찐한 우정

정승연 글 그림

우리를 되돌아보게 되는 **시간들**

"정상은 무엇이고 사람들은

무엇을 비정상이라고 생각하나?

'우영우'가 이상하면서

이상하지 않다는 걸 전하고 싶었다.

같음과 다름은 종이 한 장 차이다. "

자폐인 변호사 우영우 역을 맡은 박은빈이 제작발표회에서 한 말

[TVN , 이상한 변호사 우영우 중에서]

" 어떤 사람이 주어진 성별에 부합하지 않을 때, 우리는
정상성에 대한 정의에 의문을 제기하기보다 그 사람이
정신적이거나 신체적인 질병이 있다고 생각한다."

" 낙인은 그것을 찍는 사람들에게서 나온다. 병을 앓거나 남들과
다르다고 생각되는 사람에게 가혹한 도덕적 판단의 불빛을 비추고
그 사람이 만들어낸 그림자만을 보며, 그것이 실재라고 오해하는
사람들 말이다."

[정상은 없다: written by Roy Richard Grinker]

[프롤로그 (Prologue)]

"아는 것만으로는 충분하지 않다. 이를 적용해야 한다."

"의지만으로는 충분하지 않다. 이를 **실천**에 옮겨야 한다."

By 괴테

나는 오늘도 **성장**하며,

더 큰 **세상**을 **경험**한다!

17 세, 궁금하고 호기심이 많은 소녀! 괴테의 말처럼 나는 최초로 생애 담대하게 도전을 하게 한 힘과 마법을 경험했다. 이 책은 바로 그 힘과 마법에 대한 책이다. 초등학교 졸업 후, 나홀로 미국 대학 유학을 꿈꾸며 지금의 학교를 다니던 중, 학교 주변에 있는 장애인학교를 보게 되었다. 장애인 학교에 관심을 갖고 있던 중 우연한 기회에 장애인 자원 봉사를 하게 되었고, 이 경험들을 통해서 상상도 할 수 없던 성장을 했고, 삶을 경험했다. 이제부터 그 이야기를 하려고 한다.

나의 첫 아동 소설인 [그림자 친구]는 선천성 다운증후군을 가지고 있는 한 아이와 후천적으로 근육병을 가지게 된 친구 간의 찐한 우정을 다룬 글로, 이 사회의 장애인에 대한 인식에 대해 다시 한번 생각해 볼 수 있는 계기가 되길 바라며 쓴 글이다.

우리 사회는 장애인에 대해 모르는 것이 아직도 너무 많다. 이 책을 읽고 많은 사람이 장애를 가진 아이들에 대해 이해하는 시간이 되었으면 좋겠다. 나의 첫번째 책으로서 많은 고민과 생각을 통해 열심히 이 책을 썼다. 그래서 더 뜻깊은 책이다. 계속해서 17 세 소녀의 끝없는 도전을 응원해 주길 바란다. 서로가 다름을 인정하고 다양성을 존중하는 건강한 사회를 위해, 많은 사람들이 이 책을 읽고 따뜻한 세상이 되길 희망한다.

장애인과 비장애인이 함께, 행복하게 살아가는 세상을 꿈꾸며!

2022 년 푸르른 날

정승연 드림

[일러두기]

본 책에 나오는 인물들은 실제 인물이 아닌 가상이며, 다운증후군 및
근육병 환자들의 모습 및 증상과 다를 수 있음을 알려드립니다.

* 이 책의 인세와 수익금은 다운증후군 협회에 기부됩니다.

차
례

CONTENTS

다운증후군, 우리 가족

사랑하는 우리 가족

 우리 아빠는 나를 사랑이라고 부른다. 내 사랑, 내 사랑...
난 내 이름이 있는데, 김 민국...
하지만, 난 사랑이라는 이름이 싫진 않다.
난 11살이며, 초등학교 4학년이다. 우리집은 참 전망이 좋다.
마당에 있는 뜰에서 밖을 바라다보면 서울의 멋진 풍경이 내
눈에 다 들어온다. 난 그런 우리집이 정말 좋다.
학교 친구들에게 우리집을 자랑하고 싶은데, 정말 멋지다고,
정말 끝내주는 전망을 가지고 있다고...
하지만, 엄마는 내가 학교 친구들을 집에 데리고 오겠다고 하면
자꾸 다음에 데리고 오라고 하신다.
왜 그럴까 어른들은 참 이상하다.

재밌는 사실이 있다.
난 좀 얼굴이 크다. 호빵 같이 생긴 내 얼굴!
사실, 난 호빵을 매우 좋아한다. 그래서인지 호빵만 생각하면
기분이 좋아지고 마음이 편해진다.

처음엔 엄마 랑 아빠 랑 생김새가 다른 것 같아서 이상했지만 자꾸 거울을 보니 익숙해졌다.

그리고, 내 스스로도 마음에 안 드는 점이 있긴 하다.

그것은 다른 사람들에게 내 생각을 표현하는 것이 쉽지 않다.

내 생각과는 다르게 잘 안된다. 왜 이렇게 말이 잘 안 될까?

어쩔 땐, 다른 사람들이 말하는 것을 다 못 알아들을 때도 있다.

'답답하다!'

난 열심히 말을 했는데, 다른 사람들은 내가 말한 것을 이해 못하는 표정이다. 그래서 혼자 거울 보며 나에게 말할 때가 있다. 내 자신과의 대화라고 할까?! 그러고 보니 혼자 말하며 보내는 시간이 참 많다. 그래서 더욱 심심하고 지루하다.

내 유일한 친구는 강아지다. 강아지는 내 옆에 붙어서 잘 놀아준다. 내가 말하는 것도 잘 들어준다. 그래도 같은 날이 반복되니 다시 심심 해진다.

나도 바깥에서 친구들 이랑 얘기하며 놀고 싶다.

나도 말을 잘 하고 싶다.

내 머릿속에는 정말 멋진 말들이 가득 들어있는데, 정말 하고 싶은 말이 너무 많은데, 말로 표현하려고 하면, 이상하게도 그게 내 뜻대로 되지 않는다. 왜 그럴까?

그래도 부모님은 항상 괜찮다고 하신다.

점점 좋아지고 있다고, 천천히 말하라고 하신다.

언제나 내 말이 끝날 때까지 기다려 주신다.

하지만, 다른 사람들은 내 얘기를 듣지도 않고 후다닥 가버릴 때가 많다.

그러다 내가 초등학교 입학할 때쯤 그 이유를 조금은 알게 되었다. 누나와 내가 잠든 한밤중이었다.

부모님은 아주 조용히 말씀을 나누고 있었고, 난 그 이야기를 조용히 듣고 있었다. 왜냐하면 두 분이 울먹이면서 이야기를 하고 있었기 때문이었다.

"요즘은 그래도 많이 좋아진 것 같아요. 민국이가 일반 초등학교를 들어갈 수 있게 되다니 정말 감사하게 생각해요."

"그러게요. 다행이에요. 당신이 고생 많았어요."

"아뇨, 앞으로 더욱 민국이가 힘들 수도 있는데… 그래도 잘 할 거라 믿어요."

"맞아요. 잘할 거예요. 민국이가 그래도 성격이 좋잖아요!"

아빠의 웃음소리가 들렸다.

"학교 입학 전에 따로 설명을 좀 해야 할 것 같아요. 아이들이 놀릴 수도 있고 또…" 흐릿한 어둠속에서 엄마는 고개를 떨구고 말하는 듯 보였다.

"그래도 우리 아들, 잘 할 테니 너무 걱정 하지 맙시다!"

"하지만, 우리나라는 장애인에 대한 편견이 심해서 아이들이 많이 놀릴까 봐 걱정이 되네요. 그리고 다운증후군에 대해 많이 알려지지도 않아서 어떨지 걱정도 많이 되고요."

아빠는 걱정하는 엄마의 어깨에 손을 올리며 말했다.

"그래서, 학교에도 잘 설명했으니, 학교 선생님들을 믿고, 또 민국이를 믿읍시다!"

엄마의 흐느끼는 울음소리가 점점 방안에 메아리가 되어 울려 퍼지는 듯했다.

며칠 뒤, 초등학교 입학하기 2일 전, 엄마는 초등학교 학교 생활에 대해 할 말이 있다면서 나를 앞에 앉혔다.

"민국아, 이제 초등학교 입학하네, 학교 가면 선생님도 많고 친구들도 많고 그렇겠다. 그치? 그런데 우리 민국이가 다른 친구들과 얼굴 생김새가 조금 다르잖아!"

엄마는 손가락을 만지시면서 조심스럽게 말을 시작했다.

그리고 숨을 한번 크게 들이쉬고는 말하셨다.

"그 이유는 민국이가 태어날 때 조금 다르게 태어났기 때문이야. 음..그러니까, 다르다는 게 문제가 있는 건 아니라, 엄마 말이 무슨 말인지 알겠니?"

난 그냥 고개를 끄덕거렸다. 정확히 알았 다기 보다는 그냥 그래야 할 것 같았다. 엄마는 천천히 내 두 손을 잡고 말을 이어갔다.

"우리 민국이가 엄마 배속에서 조금 아파서, 조금 다르게 태어난 거야. 그러니까, 우리 몸에 염색체라는 게 있는데, 그게 다른 아이들과 좀 다른 거야.

사람들은 다운증후군이라고 불러.

아마, 선생님들도 우리 민국이의 병의 이름을 알고는 있을 꺼야. 엄마, 아빠가 학교 선생님들에게 잘 말해 났거든! 우리 민국이 잘 부탁한다고, 그러니까 우리 민국이는 걱정 말고, 항상 즐겁게 지내는 거 알지?!"

엄마는 걱정과 불안의 눈빛으로 나를 바라보고 있었다.

그 와중에, 내 귀에 들어온 글자는 '다운증후군'이라는 글자였다. 이름이 참 특이했다.

나는 엄마에게 다운증후군에 대해 자세히 얘기해달라고 했다.

"우리 몸을 구성하고 있는 무수히 많은 세포와 염색체들이 있는데, 그 중 21번 염색체라는 게 있어. 근데 그게 3개가 있는 거지. 보통은 2개만 있거든. 그래서 민국이처럼 둥근 얼굴, 조금 낮은 코, 약간 작은 눈들이 생긴 거야! 민국이가 가끔 왜 나는 엄마 랑 다르게 생겼냐고 물어봤 자나. 쉽게 말해서 우리 몸에 있는 염색체가 조금 다른 거야."

난 하나도 이해가 가진 않았지만, 그래도 자세히 설명을 들어서 좋았다.

'다운증후군, 다운증후군, 다운증후군'

그게 뭐지. 난 몇 번을 속으로 말해보고 기억하려고 했다. 그렇게 며칠이 지나고, 점점 학교 갈 날이 다가오고 있었다.

앗, 아직 우리집 소개를 안 했네.

우리집엔 날 너무 사랑하시는 아빠, 엄마, 그리고 항상 나에게 친절한 예쁜 누나와 나 이렇게 4명의 식구가 살고 있다.

식구가 너무 적다. 예쁜 누나는 나를 위해 항상 양보하고, 천천히 말해주고. 뭘 해도 기다려준다. 난 가족이 10명쯤 있었으면 좋겠는데 너무 적다.

동생들도 있었으면 얼마나 좋을까? 아쉽다.

많으면 정말 심심하지 않고 재미있을 것 같다.

난 항상 너무 너무 심심하다. 그래서 학교 가는 게 즐겁다.

아빠, 엄마는 아침 일찍 일을 나가서 저녁 늦게 들어온다. 그리고 누나는 늦게까지 학원을 다닌다. 공부를 잘하는지는 모르지만 학원은 열심히 다니는 것 같다.

난, 학교에서 아직까지 친구를 만들지는 못했다.

친구 만드는 게 생각보다 많이 어려운 것 같다. 가끔은 아이들이 '나를 싫어하나?' 라는 생각이 들 때가 많다. 아이들은 내가 말하면 그냥 내 얼굴을 빤히 쳐다보다가, 내 말이 끝나기도 전에 가버린다. 그래서 학교에서 혼자 창밖을 보거나, 운동장 의자에 앉아 참새들이 짹짹 거리는 소리를 들으면서 새들과 대화를 하기도 한다.

학교, 첫 친구를 만나다

내 친구 곰돌이 황선진

그렇게 오랫동안 외로운 학교 생활을 하던 나에게 드디어 친구가 생겼다. 바로 '황 선 진' 처음 생긴 나의 친구이다. 착하고 귀여운 사람친구. 난 이 사건을 기적이라 부른다. 내 친구 선진이는 얼굴이 곰돌이 푸우 인형을 닮았다. 그래서 가끔 내가 '곰돌아' 라고 부르면 선진이는 화를 낸다. 그러면 난 선진이 앞에서 온갖 재롱을 떤다. 바보 같은 표정도 짓고, 혀도 빼쭉 내밀고, 또 가끔은 엉뚱한 춤도 춘다.

난 내 친구 선진이가 너무 좋다.

2년전 어느 날, 평소와 다름없던 그날. 난 매일 하던 대로 똑같이 학교 수업이 끝나면 가방을 메고, 곧장 집으로 돌아오고 있었다. 하늘은 너무나 파랗고, 그 파란 하늘에는 흰 구름이 마치 여러 마리의 양떼들의 모습을 하고 둥실둥실 떠 있는 것 같았다. 난 정말 파란 하늘이 좋다. 내 마음도 저 하늘처럼 파란색인 것 같다. 난 양떼 구름을 따라 운동장을 뛰어다녔다.

그런데, 그때 학교 한쪽 구석에서 2명 정도의 아이들이 조그마한 한 아이를 괴롭히고 있는 것 같았다. 한참을 그렇게 그 모습을 멍하니 보고 있었다. 한편으로는 무섭기도 하고, 또 한편으로는 맞고 있는 그 아이가 불쌍해 보이기도 했다. 난 용기를 내서 소리를 질렀다.

"야~~~~~~~~~~~~~~"

난 운동장이 울릴 만큼 크게 소리를 질렀다.

그리고 왼쪽 손에 들고 있던 실내화 가방을 크게 돌리면서 아이들을 향해 뛰어갔다.

처음에는 작은 원을 그리던 실내화 가방은 점점 더 큰 원으로 변해서 내가 실내화 가방을 돌리는 건지, 아니면 실내화 가방이 나를 앞으로 뛰어가게 하는지 구분이 되지 않을 정도였다.

아무 생각 없이 뛰었지만, 그 아이들과 가까워지면 가까워질수록 점점 두려움도 커져 갔다.

'멈출까? 여기서 다시 돌아갈까? 아니면 그냥 계속 뛰어?'

그 짧은 시간동안 수많은 생각이 머리속을 휘저었다.

뛰다가 실눈으로 앞의 덩치 큰 2명의 아이를 쳐다보았을 때, 그 아이들과 눈이 부딪쳤다. 서로의 눈에서 강한 스파크가 부딪친 듯했다. 두려움은 내 온몸을 휘감았고 난 눈을 꼭 감고 뛰었다.

실내화 가방은 이제 세상에서 가장 큰 원을 만들려고 하는지 바깥으로 힘을 더해 갔다. 이젠 공포를 벗어나 무아지경에 이른 듯했다. 마치 하늘을 나는 듯했다. 내 몸이 하늘에 붕 떠서 마치 새가 된 듯 날개 짓을 하고 있다는 상상이 됐다.

하지만 잠시 뒤, 눈을 떴을 때 난 바닥에 엎드려 있었고 갑자기 무릎에서 통증이 밀려오기 시작했다. 난 무릎에서 전해지는 아픔에, 찡그린 눈을 하고 천천히 위를 올려다보았다. 괴롭히던 2명의 아이들은 사라졌고, 맞고 있던 그 아이만 커다란 눈을 하고, 놀란 듯이 나를 물끄러미 쳐다보고 있었다.

난 창피함과 두려움에 주위를 여기저기 돌아보았다. 어느새 괴롭히던 2명의 아이들은 내 눈앞에서 사라졌고, 교문을 향해서 엄청 빨리 도망치고 있는 뒷모습이 보였다. 그 아이들은 뛰면서 뒤를 힐끔힐끔 쳐다보았다.

"쟤네 도망가네. 휴~ 다행이다."

난 안도의 한숨을 쉬었고 옅은 미소가 얼굴에 지어졌다.

빨갛게 까진 무릎이 아팠 왔지만, 챙피해서 꾹 참고 일어났다. 그리고 바지에 묻은 먼지를 손으로 툭툭 털어냈다.

바지가 살짝 찢어진 것 같았다. 그리고 가만히 앉은 자세로 흙먼지를 뒤집어쓰고 있는 그 아이에게 다가가 손을 쭉 내밀었다. 그런데, 그 아이는 내가 손을 내밀자, 흠칫 놀라는 표정으로 엉덩이를 뒤로 천천히 밀었다.

흙먼지가 살짝 흩날렸다. 난 다시 용기를 내서 크게 말했다.

"내 손잡아!"

"응!"

그 아이는 내 우렁찬 목소리에 놀란 듯이 대답했고, 잡은 건 내 손이 아니라 겨우 엄지와 검지 두개의 손가락만 잡았다.

하지만, 난 그 아이의 손을 덥석 잡았다.

그리고 있는 힘껏 당기며 일으켜 세웠다. 그 아이는 겁에 질린 듯 일어섰다.

난 그 아이의 옷에 묻은 먼지를 손으로 툭툭 털어줬다.

"괜찮아?"

"으..응..고마워"

그 아이는 조그마한 목소리로 말했다.

"그래!"

난 바닥에 떨어져 있는 가방을 손으로 가리키며 말했다.

"저 가방 너 꺼야?"

그 아이는 조용히 고개만 끄덕거렸다.

난 얼른 뛰어가 그 가방을 주었다,

난 즐겁게 그 친구의 가방을 들어주며 어깨에 메 주며 말했다.

"가방 매"

"응"

"갈까?"

"응"

우린 별다른 말없이 그냥 조용히 교문을 나서고 있었다.

그런데 우리집으로 가는 방향과 반대방향으로 걸어가고 있었다.

그냥 난 그 아이와 함께 걸었다.

'아~ 어떡하지..우리집은 이쪽 방향이 아닌데 어떡하지, 지금이라도 말할까, 아니면 계속 같이 갈까, 어떻게 하지.'

그런 생각을 머리속에서 계속해서 하고 있었는데, 그 아이의 목소리가 들렸다.

"너희 집도 이쪽 방향이야?"

"응"

난 말하고 나서 후회했다.

'아~ 사실 이쪽 방향이 아닌데... 거짓말을 했네. 어쩌지...'

"난 2학년 1반 황선진이야. 넌?"

그 아이는 처음보다 조금 커진 목소리로 나에게 말했다.

"진짜? 나도 2학년인데, 와~~ 반갑다."

난 걷다가 말고 그 아이를 덥석 껴안았다. 그리고 친구의 등을 톡톡 두들겨 줬다. 나에겐 반가움의 표시였다.

"난 민국이야, 김 민국. 우리 친구하자."

그 아이는 나를 또 큰 눈으로 바라보면서 고개를 끄떡거렸다.

난 정말 너무너무 기뻤다.

학교에 와서 친구가 한 명도 없었는데, 드디어 친구 1명이 생겼다. 난 너무 기뻐서 손에 들고 있는 실내화 가방을 마구 돌리면서 그 아이의 주변을 뛰어다녔다.

그렇게 한 10분을 걸었다. 큰 길을 따라 걷다가 약간 좁은 길로 들어서자, 차들이 없는 아스팔트길이 나왔다. 옆으로는 담장이 성곽처럼 높게 감싸고 있었다.

집은 우리집보다 커 보였다. 그런데 경치는 그리 좋아 보이지 않았다.

"다왔어. 여기가 우리집이야!"

선진이는 큰 대문이 있는 집을 가리켰다.

지붕위로 소나무 가지가 몇개 보이고 있었다. 집안은 어떻게 생겼는지 하나도 보이지 않았다.

"그래. 알았어."

그때 문이 열렸고 선진이는 문을 열어놓은 채 내가 가기를 기다리고 있는 것 같았다.

난 선진이 등 뒤로 고개를 살짝 돌려 문틈으로 집안을 보려고
했다.

그런데 계단으로 되어있어서 그런지 아무것도 보이지가 않았다.

난 작은 목소리로 말했다.

"별로 네..."

"뭐?"

"아냐!"

"그럼.. 나 갈게."

"응!"

난 약간의 내리막길을 폴짝 폴짝 뛰었다. 내 인생에 있어서
처음으로 친구 한 명이 생긴 것에 대한 즐거움이 나에게는
무엇보다 컸다. 그런데 갑자기 뒤에서 선진이가 나를 부르는
소리가 들렸다.

"야~~ 너~~"

난 폴짝 뛰던 걸음을 멈추고 뒤를 돌아봤다.

"근데, 너 이름이 뭐 야?"

난 선진이를 향해 급하게 막 뛰어갔다. 조금 놀라는 표정이었다.

난 숨을 헐떡거리며...

천천히 말했다.

"내 이름은 김, 민, 국. 김 민국..."

난 혹시 선진이가 내 이름을 잘못 들을까 봐, 2번을 또박또박
말했다.

"근데, 그냥 거기서 말하면 되지, 뭘 또 뛰어오냐? 잘가!
민국아!"

"그래. 안녕!"

난 너무 기뻤다. 지금까지 친구가 내 이름을 불러준 적이 정말
단 한 번도 없었다.

난 선진이네 집을 내려와 큰 길가까지 왔다. 차가 많이 다니고
있었다. 그런데 갑자기 헷갈리기 시작했다. 집에 갈려면 어느
쪽으로 가야하지. 왼쪽인가, 아니면 오른쪽인가, 난 왼쪽으로 좀
걷다가 아닌 것 같아 다시 오른쪽으로 다시 걷고, 또 왼쪽으로
걷다 다시 오른쪽으로 걷기를 3-4번 반복했다.

난 길을 잘 못 찾는다. 그래서 여러 번 봐야한다.

그때 우연히 내 나이 또래의 아이들 3명이 내 앞을 지나쳐
걸어가는 걸 보았다.

'이 애들은 학교에 가는 건가. 그냥 따라가볼까'라고 생각했다.

이 애들을 따라가면 왠지 길을 찾을 수 있을 것 같았다. 그래서 그 아이들을 무조건 따라갔다. 그런데, 애들을 따라 얼마쯤 갔을 무렵 그 3명의 아이들은 어느 한 골목에서 각자의 길로 뿔뿔이 헤어졌다. 난 너무 당황스러웠다.

'난 누굴 따라 가야 하지. 어떡하지? 누굴 따라가지'

그 자리에 서서 한참을 생각하다가, 오래동안 나의 눈에 보이는 한 아이를 향해 따라갔다. 그리고 그 아이의 앞을 확 가로막았다. 난 숨을 헐떡이며 천천히 크게 말했다.

"미안한데, 너 어디 가니?"

나의 질문에 그 아이는 무척 당황한 듯 싶었다.

"집에 가는데. 왜?" 당황하며 말했다.

"너희 집이 어딘 데?" 난 그냥 물었다.

그 아이는 당황하고 멍한 표정으로 위쪽 방향으로 손가락을 가리키며, "저기..." 작은 목소리로 말했다.

"그럼, 우리집은 어디야?" 난 크게 물어봤다.

그러자, 그 아이는 나의 질문에 당황하며 이해 못하는 듯한 표정으로 날 바라보며 말했다.

"야! 그걸 내가 어떡해 알아? 너 바보냐?"

그리고 나서 그 아이는 나에게서 도망치듯 멀어져갔다.

난 그 자리에 한참을 멍하니 서 있었다.

"어... 내가 정말 바보인가? 어... 아~~ 내가 왜 이러지"

"난 바보가 아닌데…"

난 천천히 왔던 길을 다시 힘없이 되돌아 갔다. 그냥 걸었다.

어떻게 해야 할지를 몰랐다. 한참 그렇게 걷던 중 선진이네

집으로 가는 골목길 앞에 서게 되었다.

'그래 선진이에게 물어봐야겠다.'

난 방금 전 선진이와 같이 걸었던 길을 혼자 뛰어올라갔다.

늦게 가면, 혹시라도, 선진이네 집도 잊어버릴까 봐, 난 좀 전의

길과 건물들의 기억을 되살리면서 빠르게 뛰었다.

드디어 아까 선진이네 서 본 듯한, 파란색 대문이 눈에 띄었다.

난 대문을 두드렸다.

쿵쿵 쿵…. 쿵쿵 쿵...

"선진아~, 선진아~" 크게 외쳤다.

한참을 두드리자 집에서 선진이 어머니가 나왔다.

무서운 친구 엄마

내 친구 선진이 엄마

아줌마는 한 손에 빗자루 비슷한 걸 들고 나오셨다.

여차 하면, 나를 때릴 것만 같았다.

"누구세요? 어머, 얘~ 너! 왜 남의 집 문을 두드리니? 누군데

그래? 너 자꾸 이러면 경찰에 신고한다?"

난 그 어머니의 날카로운 목소리에 순간 무섭기도 해서 기가

죽었다.

"저...저...저... 선진이~"

"너가 선진이를 알아? 너가 선진이를 어떻게 알아?"

그때 뒤에서 선진이가 걸어 나오는 모습이 보였다.

난 아줌마를 지나쳐 선진이를 향해 달려갔다.

선진이도 흠칫 놀라는 표정을 지었다.

나도 모르게, 난 선진이를 반가워서 부둥켜 안았다.

"반가워~~ 선진아!"

선진이는 피식 웃었다.

"어.. 나도!"

그때 선진이 아줌마가 오더니, 화가 난 듯이 나하고 선진이

사이를 띄어 놓았다.

"엄마, 얘, 내 친구야, 오늘 내가 학교 형들한테 맞았을 때 구해준 애가 바로 얘야"

"진짜? 그 애가 정말 얘라고?"

선진이 아줌마는 나의 얼굴과 머리부터 발끝까지 쭈욱 쳐다보았다. 약간 못마땅 해하시는 듯 했다.

난 아줌마를 향해 살짝 미소를 지었다.

"너 그런데 왜 또 왔어?" 선진이가 물었다.

"어... 그게... 선진아, 우리 학교 같이 가자. 응?"

"갔다 왔는데 뭘 또 가. 내일 가면 되지!"

"어.. 맞아. 학교는 내일 가면 되지"

그런데, 갑자기 선진이 아줌마가 내 마음을 읽기라도 하듯 말씀하셨다.

"얘~ 너 혹시, 집에 가는 길 잊어 버렸니?"

난 창피했다. 하지만 어쩔 수 없이 그냥 말없이 씨익 웃었다.

"그래. 그럼, 아줌마가 데려다 줄게."

"선진아, 너도 같이 가자. 응?"

내가 선진이의 손을 잡으려고 하자, 아줌마는 중간에 나의 손을 낚아채더니, 빗자루를 마루 한쪽에 던지면서 밖으로 나를 데리고 나가셨다.

"선진아! 넌, 집에 들어가 있어, 엄마가 얘네 집에 데려다 주고 올 게!"

선진이 아줌마는 매우 빠른 걸음으로 앞장 서 걸었다.

난 거의 뛰다시피 따라갔다.

그런데, 아줌마는 좀 걸어가더니, 갑자기 근처 경찰서 앞에서 딱 서 있었고, 기분 나쁜 표정으로 나를 기다리며 팔짱을 끼고 있었다.

내가 오기만을 기다리고 있었다.

"아줌마! 여기는 우리집이 아닌데요. 여긴 경찰서인데. 우리집은..?"

선진이 아줌마는 조용히 내가 경찰서에 들어갈 수 있게 문을 열어놓고 기다리고 있었다.

난 조금 당황했지만, 그냥 따라 들어갔다. 아줌마는 경찰서안에 들어가서 멋진 복장을 하고, 한쪽 허리에는 권총을 차고 있는 경찰 아저씨에게 나를 데리고 갔다.

"경찰관님~ 여기 이 아이가 길을 잃었나 봐요.

학교는 소망 초등학교예요. 집을 찾아주세요...부탁 할께요.

그럼, 전 이만 바빠서!"

그렇게, 선진이 아줌마는 황급히 내 눈에서 사라졌다.

그날 저녁, 난 담임선생님과 부모님이 경찰서로 와서 날

데려가는 것으로 오늘의 일은 끝나게 되었다. 잠자리에 든 나는

선진이와의 즐거운 만남과 함께, 선진이 아줌마가 경찰서에서

나를 남겨두고 황급히 떠난 모습이 내 머릿속을 왔다 갔다 생각이 났다.

그게 우리가 친구가 된 첫만남 이었다.

그리고 다음날, 난 학교에 가자마자 선진이가 있는 2반에 가봤다.

선진이는 한쪽 창가에 앉아 공책과 연필을 꺼내고 있었다.

난 조용히 선진이 뒤로 걸어갔다.

그리고 두 손으로 어깨를 툭 쳤다.

"선진아~"

선진이는 뒤를 돌아보더니, 당황하며 흠칫 놀라는 듯했다.

'내 얼굴이 기억이 안 나나?'

"야~ 나야. 나...김 민국!"

난 혹시 선진이가 내 얼굴을 하루만에 잊어버린 것이 아닌가하는 걱정에 서둘러 내 이름을 말했다.

"응, 그래"

"반가워...나 알지?"

"응"

선진이는 다른 아이들의 시선을 의식했는지 주변을 둘러봤다.

많은 아이들이 구경하듯이 선진이와 나를 바라보고 있었다.

난 주변의 모든 아이들에게 말했다.

"안녕!"

난 그 아이들을 향해 왼손을 들어 천천히 또박또박 인사를 했다.

"그럼, 선진아~ 우리 학교 끝나고 운동장에서 보자."

"그래. 근데 왜?"

"같이 놀자고... 히히히"

"그래. 알겠어"

난 수업이 빨리 끝나길 기다렸다. 빨리 선진이와 놀고 싶었다. 그리고 선진이를 우리집에 초대하고 싶었다.

'어제는 선진이네 집에 가봤으니까, 오늘은 우리집에 초대해야 지. 선진이가 우리집 보면 놀랄 걸!' 혼자 상상하며 즐거웠다.

난 우리집이 세상에서 제일 좋다고 생각했다. 특히 마당에서 바라보는 서울시내 경치는 최고라고 생각했다. 수업 후 난 어제 선진이를 처음 만났던 운동장으로 뛰어갔다.

선진이는 철봉에 거꾸로 매달려서 날 기다리고 있었다.

"선진아~~"

난 두 팔을 벌리고 달려갔다.

선진이는 철봉에서 내려와 그냥 가만히 서 있었다.

덜 썩 앉았다.

그런데 내가 너무 빨리 뛰어왔나 보다. 앞으로 막 달리며 오다 보니 선진이를 안고 중심을 못 잡아서 뒤로 밀려나가다 잔디밭에 둘이 껴안은 채로 넘어졌다.

"야! 그렇게 빨리 뛰면 어떡하냐? 그러니까 자꾸 넘어지지."

다행히, 선진이는 밝게 웃고 있었다.

"미안, 미안. 기분이 너무 좋아서"

어제보다 오늘 선진이와 더 친해졌다는 느낌이 들었다. 기분이 참 좋았다.

"선진아. 오늘은 우리집에 놀러 가자, 어제는 너희 집에 갔잖아. 응? 우리집 좋아!"

난 엄지 손가락을 치켜 세우며 말했다.

"어쩌지...나 집에 일찍 가야 하는데..."

"그럼, 안돼?"

"음... 그럼, 일찍 갔다 오지 뭐.... 가자...."

난 너무 좋았다. 처음으로 친구를 집에 데려가는 거라 좋았고, 또 그 친구가 하얀 피부에 귀엽게 생겨서 좋았다. 난 어제처럼 실내화 주머니를 돌리면서 선진이 앞뒤를 뛰어다녔다.

집으로 가는 골목길에 다가왔을 때, 이제 오르막길이 시작되는 지점이었다.

선진이는 걷는 것을 조금 힘들어 하는 거 같았다.

"선진아! 조금만 올라가면 돼. 거의 다 왔어."

난 선진이 손을 잡고 앞으로 끌었다. 선진이는 숨을 쉬는 게 조금 힘들어 보였고, 걷다가 쉬기를 반복했다. 거의 선진이는 내 손에 끌려 올라오다시피 했다. 매우 힘들어 보였다.

선진이 얼굴에 어느새 송골송골 땀 방울이 맺혔다. 너무 지쳐 보여서 난 옆에 가게에 들어갔다.

난 가방을 벗어서 가방안을 뒤졌다. 내가 한달간 숨겨놓은 붉은 1000원짜리 돈이 손에 잡혔다.

난 돈을 가게 의자위에 얹혀 놓고 손으로 쭉 폈다.

그리고 가게에서 아이스크림 2개를 샀다. 우린, 그렇게 가게에 앉아 아이스크림을 천천히 야금야금 먹었다. 지금까지 먹어본 아이스크림 중에 최고로 맛있었다.

선진이가 먼저 말을 꺼냈다.

"아직 멀었니?"

"아니, 저기 위에 파란색 지붕 보이지?"

난 손가락을 위로 향했다. 선진인 잘 안 보인다는 듯이 일어서서 고개를 좌우로 흔들었다.

"어디?"

"저기 위에 맨 위에"

"아~~ 저기 푸른색 지붕"

"응"

"와~~ 아직 멀다"

"아니야. 거의 다 왔어!"

"가자"

우린 그렇게 또 손을 잡고 올라갔다. 다왔다.

"여기야!"

우린 집 앞 마당에 앉았다. 시원한 공기가 불어 상쾌한 기분이 들었다.

"어때. 좋지?"

"응, 좋다. 와~ 서울 시내가 다 보이네!"

"밤이 되면 더 좋아, 반짝 반짝 불빛이 정말 예뻐!"

우린 대청마루에 누었다. 하늘엔 흰 구름이 두둥실 떠다니고 있었다.

가만히 하늘을 보고 누워있다 살짝 선진이를 보았다.

선진이가 자고 있다. 자면서 웃는 모습이 귀엽다. 꼭 곰돌이 인형 같다.

'그래, 선진이 별명을 지어 줘야겠다. 곰돌이! 곰돌이! 좋다!'

난 선진이에게 무언가 선물을 해 주고 싶었다. 그래서 고민 끝에 방에서 커다란 봉지를 들고 나왔다. 그리고 그 안에 있는 것을 대청마루에 쏟았다. 수십장의 딱지가 나왔다. 크기가 큰 것에서부터 작은 것까지. 난 그 중에 크고 괜찮은 것만 골랐다. 그리고 까만 봉지에 다시 담았다.

그래도 한 봉지 가득 된 것 같다. 그리고 곤히 잠자고 있는 선진이 옆에 놓았다.

그때, 누나가 학교에서 돌아왔다. 누나는 놀란 듯 나에게 물었다.

"어머~얘는 누구니?"

"응. 누나...내 친구야! 곰돌이"

"뭐? 정말?"

"진짜~ 너 친구야?"

"응"

누나는 정말 놀란 표정을 지었다. 난 즐겁게 자랑스럽게 이야기했다.

"내가 얘를, 학교에서 못된 애들이 얘 때리는 걸 내가 구해줬어!"

"뭐? 너가? 정말로?"

누나는 큰 눈이 더 커졌다.

"응, 진짜야... 누나... 나 잘했지?"

그때, 선진이가 인기척에 깼는지, 눈을 비비고 일어났다.

"내가 잠들었나 보다⋯. 앗.안녕하세요."

"선진아! 우리 누나야"

"그래, 선진아! 넌 집은 어디니?"

"여기 학교 근처예요!"

"그래, 엄마한테 말씀드리고 왔니?"

누나가 그 말을 하자 선진인 걱정스러운 표정을 지었다.

"저... 민국아...나 이제 그만 가볼께."

"그만 가려 구?"

"응"

"선진아. 이거~~가져가!"

난 까만 봉다리를 선진이 앞에 내밀었다.

"이게 뭐 야?"

선진이는 마치 무서운 뱀이라도 봉지에서 나올까 봐 그러는지,
천천히 봉지안을 들여다봤다.

"딱지!"

"너도 딱지 있지? 내가 진짜 좋은 것만 넣었거든! 너 다
가져!"

"딱지가 뭔 데?"

선진이는 딱지가 뭔 지 모르는 듯했다.

"너 이거 몰라?"

난 딱지 하나를 봉지에서 꺼내 바닥에 놓은 후 또 다른 딱지로
그 위를 세게 때렸다.

딱지는 휙 뒤집어졌다.

"봐 바~ 이렇게 하면 상대방 딱지를 가지는 거야."

"아!"

선진이는 매우 신기한 듯이 쳐다봤다.

"우선, 이거 가지고 가고 나중에 학교에서 딱지 치고 놀자."

"그래. 그럼, 나 갈게, 엄마한테 혼날 꺼 같아."

"그래, 잘가!"

난 손을 흔들어주었다. 선진이는 한 손에 까만 봉지를 들고 천천히 내려가고 있었다.

난 문득 어제의 일이 생각났다.

혹시, 선진이도 집에 가다가 길을 잃을 수도 있겠다는 생각이 들었다.

난 저 앞에 걸어가는 선진이를 향해 뛰어내려갔다.

"선진아, 내가 학교 까지만 같이 갈게."

"그래, 고마워."

우린 그렇게 손을 잡고 올라왔던 길을 같이 걸어 내려갔다.

그렇게 한달여 시간이 흘렀다. 선진이와 나는 학교가 끝나면 같이 축구도 하고 딱지도 치고, 달리기도 하면서 즐거운 시간을 보냈다. 이제는 선진이네 집에서 우리집으로 돌아오는 길도 외웠다. 처음엔 또 길을 잃어버릴 까봐 벽에 색종이를 풀로 붙여서 길을 외웠다. 그런데, 한가지 고민이 있다.

여전히 선진이 아줌마는 날 별로 좋아하지 않는다.

나만 보면 선진이 손을 잡고 집으로 휙 데리고 들어간다. 그러고보니, 지금까지 선진이네 집에서 논 적이 한 번도 없다. 만약 선진이 아줌마가 날 좋아해준다면 얼마나 좋을까? 그런 생각을 많이 했다.

아줌마가 나를 좋아하게 하려면, 나는 뭘 해야 할까 여러 가지를 생각해봤지만 딱히 떠오르는 생각이 없었다. 선진이에게 물어봐도, 뭐 특별한 대답을 해주지 않는다. 난 몇일을 고민에 빠졌다. 그러던 어느 날 일요일 아침 마당을 쓸고 있을 때였다. 마당을 다 쓸고 나니 바닥이 깨끗한 게 내 마음도 상쾌해지는 것 같았다. 그때 문득 선진이네 집이 생각났다.

'아, 선진이네 마당을 쓸어주자, 그럼 선진이 아줌마가 좋아하실 거야.'

난 너무 신나서 혼자 박수를 치며 마당을 뛰어다녔다.

그 다음날 아침부터 한시간 일찍 일어났다.

그리고 선진이네 집까지 한 손에 빗자루를 들고 뛰어갔다. 드디어 선진이네 집 앞에 도착했다. 선진이네 집 앞에 서서 문을 바라보았다. 문이 닫혀 있었다. 내가 만약 문을 두드리면, 선진이네 엄마가 좋아할 거 같지 않았다. 난 주위를 둘러보았다.

집 앞에는 나무에서 떨어진 나뭇잎과 담배꽁초 몇 개, 그리고 흙이 콘크리트 바닥에 흩어져 있었다. 난 선진이네 집 밖 길가를 쓸기 시작했다.

'쓱~, 쓱~......'

이마에 땀방울이 맺히기 시작했다. 난 선진이네 집으로 보이는 담이 있는 곳 까지만 쓸었다.

가끔 지나가는 아저씨, 아주머니들이 나의 모습을 보시더니, 참 착하다고 말씀해 주셨다.

칭찬을 들으니 기분이 좋았다. 내일 또 와야겠다.

난 하루도 빼놓지 않고 선진이네 집 앞을 쓸었다. 그냥 내가 선진이를 위해 무엇인가를 하고 있다는 생각에 기쁜 마음으로 했다.

그렇게 일주일이 지난 어느 날 아침 비가 억수같이 내리고 있었다. 한손에는 우산, 한손에는 빗자루를 들고 선진이네 집을 향해 갔다. 그런데 막상 가서 보니 위에서부터 물이 흘러내려서 빗자루로 쓸게 없었다. 물이 청소를 대신해주고 있었다.

난 그래도 우산을 받쳐들고 담벼락 밑을 열심히 쓸었다.

그런데 그때였다. 선진이 엄마가 문을 열고 나오셨다.

"거기 누구세요?"

난 누군가 말하는 소리에 천천히 뒤를 돌아봤다. 갑자기 나타난 선진이 엄마의 등장에 난 너무 놀라 그만 우산을 놓치고 말았다. 비가 주르륵 내 눈을 따라 흘러 앞이 잘 보이지 않았다.

선진이 어머니는 나에게 우산을 들고 와 받쳐주면서 나와 키를 맞추려는 듯 무릎을 굽히고 날 앉혀 주셨다.

"어머..그동안 너였니? 매일 우리집 앞을 청소한 사람이?!"

"왜 그랬 어? 힘들게. 누가 시킨 것도 아닌데.."

아주머니의 목소리에선 예전과는 다르게 왠지 모를 따뜻함이 느껴졌다.

난 조금 쑥스러워 고개를 살짝 떨구고 대답했다.

"아주머니에게 잘 보이고 싶었어요. 아줌마는 제가 싫으세요? 저 선진이하고 잘 지낼께요, 저 그리고 엄청 착해요!"

난 살짝 웃음이 났다. 내가 너무 내 자랑을 하고 있는 것 같았다. 아주머니는 내 눈을 잠시 바라보시더니, 날 살짝 안아 주셨다. 난 너무 기뻤다. 드디어 내 마음을 알아주신 것 같았다. 난 두 손을 슬그머니 올려 아주머니의 등을 껴안았다. 포근했다. 다음날 학교 수업이 끝나고, 평소와 다름없이 선진이와 학교 철봉에서 놀고 있었다.

난 철봉에 다리를 걸고 거꾸로 매달려 있었다. 난 거꾸로 보는 학교도 좋다. 요즘은 선진이가 철봉에 매달려 있는 걸 본적이 없다. 선진이는 늘 움직이기를 힘들어했다.

"아~ 에고.힘들다. 난 머리가 너무 큰 것 같아. 머리가 너무 무거워."

선진이는 나의 말이 우스웠는지, '하하하' 하고 크게 웃었다.

"너 머리 정말 커!"

"그치"

" 다른 애들에 비해 머리가 아주 많이 큰 거 같아. 몸도 크고. 아마도 머릿속에 든 게 너무 많나 봐."

"그래? 정말, 머리에 든 게 많으면, 머리가 크냐? 난 그럼 머릿속에 든 게 적은가 보네." 웃으며 선진이는 말했다.

"그런데 머리가 큰 게 좋은 건 없어. 괜히 무겁기만 하고 뛰기 힘들어."

난 더 이상 머리 무게를 견딜 수가 없어서 철봉에서 내려왔다.

"너 내일 시간 있어?"

선진이가 조용히 물어봤다.

난, 선진이 얼굴에 내 얼굴을 가까이 가져가서 말했다.

"왜?"

선진이는 깜짝 놀란 것 같았다.

"히히히, 놀랬냐? 왜?"

"우리 엄마가 너 데리고 집에 놀러 오래. 맛있는 거 해준다고...

시간 있어?" 선진이는 민국이를 보며 방긋 웃었다.

"그럼. 나 시간 많아. 알면서~"

난 기분이 너무 좋아서 신나게 말했다.

난 엄청 기뻤다. 드디어 선진이 엄마가 나의 마음을 알아준

것이라 생각했다.

다음날 아침, 오늘은 드디어 선진이네 집에 초대받은 날이다.

난 아침부터 엄마를 졸라서, 내가 가지고 있는 옷 중에 제일

멋진 옷을 골라 입었다. 가끔 명절때만 입는 옷이다.

옷을 입고 거울 앞에 서서 보았다. '머리도 크고, 몸도 크고.

멋있네' 하고 내 스스로를 추켜 세웠다.

방과 후 난 선진이와 손을 잡고 선진이네 집을 향해 걸었다.

보통때도 가끔 걷는 길이었는데 왠지 모르게 오늘은 모든 게

새로워 보였다. 빨간색 신호등 길이다. 보통때는 그냥 그런

신호등인데, 오늘은 빨간색, 주황색, 초록색, 모든 색이 내가
가는 길을 밝혀주는 것만 같았다. 선진이가 초인종을 눌렀다.
가슴이 뛴다. 아줌마가 천천히 걸어 나오고 계셨다.

"그래, 왔구나. 민국아~ 환영한다."

아줌마는 내 머리를 쓰다듬으며 밝게 웃는 얼굴로 환영해
주셨다. 집안은 우리집과는 좀 달랐다.

그리 큰 것 같지는 않았지만, 큰 소파와 깔끔하게 정리 정돈된
물건들, 그리고 큰 텔레비전. 모든 게 우리집에 있는 것 보다는
훨씬 커 보였다. 부엌으로 들어가던 아줌마는 큰 쟁반에
떡볶이를 한 접시 들고 오셨다.

"떡볶이다~~"

정말 맛있어 보였다.

우린, 맛있게 떡볶이를 먹고 있었다. 한참을 맛있게 먹고 있는데
아줌마가 화장지를 가지고 오더니 내 입가를 쓱쓱 닦아 주셨다.
화장지가 빨갛게 변했다. 난 창피했다. 천천히 먹을 걸...

너무 맛있어서 급하게 먹다 그런 것 같다. 아줌마가 과일을
가지고 우리 앞에 앉으셨다.

"민국이는 키가 크네. 우리 선진이는 키가 작은데... 뭘 먹어서

키가 컸을까?"

"사랑이요!"

"사랑?"

"예. 사랑을 먹으면 키가 빨리 큰데요."

"누가 그랬는데?"

"우리 엄마, 아빠가요. 우리 엄마, 아빠는 매일 나에게 사랑을 주세요."

"그럼, 엄마, 나도 사랑을 좀 줘. 나도 키 더 크고 싶단 말이야."

옆에 있던 선진이는 과일 먹던 포크를 내려놓고 떼를 쓰듯 말했다.

"민국아, 아빠, 엄마가 너에게 어떻게 사랑을 주는지 알아?"

"네. 알아요. 맨날 저한 테 민국이 이름 말고 사랑이라고 불러요!"

난 과일을 먹으면서 이야기했다.

"엄마, 나도 그럼 사랑이라고 불러줘... 응?"

옆에 있던 선진이가 흥분한 듯 말했다.

아줌마는 당황한 듯 보였다.

"그래, 그래. 그럼, 선진이도 사랑이라고 불러 줄게."

"지금 한번 불러봐~ 엄마!"

"그래, 사랑아, 사랑아~"

우린 동시에 "네~"하고 대답했다. 거실은 웃음바다가 되었다.

그렇게 우리는 시간이 흘러, 선진이와 나는 5학년이 되었다. 학교 주변에는 노란 개나리꽃이 담장을 둘러싸고 있었고, 학교 앞 문구점에는 새 학년을 위한 멋진 책가방과 실내화 가방들이 매달려 있었다. 그런데 학교에 오자 너무나도 기쁜 일이 생겼다. 선진이와 내가 같은 반이 된 것이다.

우린 학교에서도 정말 유명해졌다. 그런데 이상한 것은 선진이가 4학년이 끝날 무렵에 우수 선행상을 탔는데, 나중에 알게 된 사실이지만, 나하고 친하게 지내서 상을 탔다고 한다. 그게 무슨 상을 탈 일인가, 난 이해가 안 갔다.

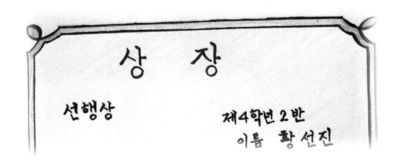

'왜 나랑 친하게 지내면 상을 타는 건지…그럼, 나도 우수 선행상을 줘야 하지 않나?'

난 상을 왜 안 주는지 궁금했지만, 결국 난 어떤 상을 받지 못했다.

'내년에는 나도 꼭 우수 선행상을 타야겠다'고 다짐했다.

선생님은 짝꿍 배정에 있어 선진이와 나를 같은 책상에 앉게 해 주셨다.

"선진아~, 민국이에게 잘 해줘야 한다. 항상 친하게 지내고!"

나도 한마디 했다.

"선생님. 저도 선진이에게 잘 해줄 거예요."

선생님은 살짝 웃으며 내 머리도 한번 쓰다듬어 주셨다.

근육병, 아픈 내 친구

몸이 약한 내 친구, 선진이

어느덧 여름이 다가오려 나 보다. 날씨가 점점 더워지기 시작한다.

학교 건물은 총 4층이고, 우리반은 2층에 위치하고 있다. 그런데 요즘 들어 선진이가 계단 오르는 것을 너무나 힘들어한다. 원래부터 체력이 좋지는 않았지만, 갈수록 더 힘들어하는 것 같다. 얼마전까지는 힘들어도 1층 정도는 잘 올라갔는데, 이제는 계단을 오르거나 내려갈 때 꼭 난간을 잡고 다닌다.

그것도 빨리 못 가고 잠시 쉬면서 한걸음 한걸음. 선진이는 가끔 숨쉬기를 힘들어했다. 체육시간에도 체육을 하지 않았다.

그래서 나도 같이 책상에 앉아서 쉬었다. 그러던 어느 날 선진이가 학교에 오지 않았다. 난 너무 걱정이 돼서 선진이네 집에 가서 문을 두들겨봤다. 집에는 아무도 없었다. 그리고 그 다음날 다시 선진이네 집을 찾았다. 문을 두드리자 선진이 아줌마가 나왔다.

"저...민국인데요. 선진이가 학교에 안 와서요... 어디 아파요?"

아줌마의 얼굴은 왠지 모를 슬픔에 가득 차 있어 보였다.

"그래, 요즘 선진이가 다리가 많이 좀 아프 단다. 학교는 몇일 후에 갈 거야.

선진이가 다 낳으면 학교 갈 꺼야. 조금 기다려 줄래? 그때 다시 놀아라!"

"네. 아줌마! 그런데 선진이 얼굴 한번 보고 가면 안되요?"

"어쩌지...지금 선진이가 자고 있거든, 다음에 보자 꾸나."

난 선진이와의 만남을 뒤로 하고 집으로 향했다. 많이 아픈가 보다.

아픈 거 싫은데, 아프지 말지, 가슴이 아팠다.

내 유일한 친구가 아프다고 하니, 내 마음이 너무 슬펐다. 난 다음날도, 그 다음날도 선진이 집 앞에서 한시간 정도 서성거리다 집에 돌아왔다. 그러던 어느 날, 선진이 집 앞에서 하염없이 서성거리고 있던 나는, 선진이네 현관문이 열리는 소리를 들었다. 난 그 자리에서 그냥 가만히 기다렸다. 선진이었다. 천천히 아줌마와 함께 걸어 나오고 있었다. 반가움에 뛰어가려던 나는 잠시 멈칫해야만 했다. 양팔에 지팡이 같은 목발을 차고 있었다. 난 천천히 선진이를 향해 걸었다.
그리고 뒤에서 작은 목소리로 불렀다.

"선진아~"

선진이는 뒤로 돌아 나를 보고, 한참동안 잠시 서 있더니,
갑자기 옆에 서 계시던 엄마의 품에 안겨 서글피 울기 시작했다.
선진이가 울음을 그치지 않자, 나도 모르게 내 눈에서도 눈물이
주르르 흘렀다. 난 선진이 옆에 서서, 선진이의 등을 만지며
말했다.

"울지 마... 울지 마! 선진아! 내가 보고 싶어서 우는 거야?
사실...나 여기 매일 왔었 어. 너 엄청 보고 싶었어"

왠지 모르게 선진인 더 크게 울기 시작했다. 둘 다 그렇게
한참을 울던 우린 서서히 울음을 그쳤다. 아줌마는 우리를
집으로 다시 데리고 들어갔다. 우린 선진이 방에 마주보고
앉았다.

"너 어디 아파?"

"응"

"어디?"

"다리가...갈수록 온몸이 다 아플 거래...그래서 움직이기 힘들

거래."

"그런 병이 어디 있어?"

"나도 잘 몰라. 병원에선 근육병이라고 하는데.... 그게 뭔 지. 나도 잘 몰라."

"그럼..., 학교는 못 가는 거야?"

"다음주부터 엄마가 가도 된데. 그런데. 솔직히 난 학교 가기 싫어"

"왜?"

"나 이제부턴, 목발을 짚고 학교 가야 돼. 목발 없이 잘 못 걷겠어. 너무 힘들어..."

그때 아줌마가 내가 좋아하는 우유와 빵을 가지고 들어오셨다. 그리고 내 앞에 앉으시더니, 내 손을 꼭 잡으셨다. 난 조금 놀랐지만, 나도 아줌마의 손을 꼭 잡아주었다.

"민국아~" "내가 너에게 부탁할 게 있는데, 좀 어려울 수도 있어...도와줄 수 있겠니?"

아줌마는 내가 잘 이해할 수 있도록 천천히 그리고 또박또박 말씀하셨다.

"이젠, 우리 선진이가 다리가 너무나 많이 아파서 혼자 걷기를 못해, 그래서 목발을 짚고 걸을 거야"

"네!"

"그리고 혹시 힘들면 넘어질 수도 있거든, 그러지 않게 선진이를 잘 도와줄 수 있겠니?"

아줌마는 말씀하시면서 슬픈 눈으로 나를 바라보시고는 힘없이 말하셨다. 난 아줌마의 잡고 있는 손을 더 꽉 쥐었다. 그리고 씩씩하게 대답했다.

"물론이죠 아줌마! 선진이와 난 친구 잖아요.

걱정하지 마세요. 제가 안 넘어지게 잘 붙잡고 다닐 게요"

난 한편으로는 선진이가 빨리 좋아지기를 바랬지만, 또 다른 한편으로는 내가 선진이를 위해 무엇인가를 할 수 있다는 것이 참 기뻤다.

그 다음주 월요일, 선진이는 엄마와 함께 학교에 등교했다. 선진이는 정말 천천히 목발을 짚고 교실을 힘겹게 한발한발 들어왔다. 가방은 엄마가 들고 계셨다. 난 선진이 의자를 뒤로 빼 주고, 목발을 선진이와 나 사이의 교실 바닥에 가지런히 놓았다. 어머니가 교실에서 나가자, 아이들이 선진이 주위에 몰려들었다.

"너 왜 그래?"

"어디 다쳤냐? 어디가 아픈 거야?"

"근데 다리는 왜 절름거리냐?"

주위에 있는 아이들은 마치 선진이에게 큰 관심이라도 있는 듯 여기저기서 질문을 퍼부었다.

선진이는 말없이 그냥 고개를 푹 숙이고 있었다.

"야~ 그만 물어봐. 그냥 다리가 조금 아픈 거야..."

저리가~ 저리가!" 하며 난 주변 아이들 정리를 했다.

선진이는 하루 종일 기분이 안 좋아 보였다. 내가 말을 시켜도 좀처럼 대답을 하지 않았다.

원래 별로 말이 없는 아이가 다리까지 아프니까, 더 말이 없어진 것 같다.

힘도 갈수록 더 없어 보였다. 밥도 잘 먹지를 못했다.

그런데 5교시가 됐을 때였다. 선생님이 체육복으로 갈아입고 운동장으로 모이라고 했다.

그러더니, 선생님은 조용히 선진이 앞에 와서 말씀하셨다

"선진이는, 운동장 벤치에 앉아 있어라"

"선생님. 저도 선진이랑 같이 교실에 있을 게요"

난 옆에 있다가 그 말을 듣자마자 이렇게 말했다.

"너도?"

"네. 선진이 혼자 있으면 심심하잖아요"

"그래. 그럼, 그렇게 해 줄래? 우리 민국이 참 착하네. 그럼 선진이 잘 부탁한다"

선생님은 그렇게 말하시고, 아이들과 모두 운동장으로 나갔다.

선진이는 힘없이 조용히 책을 보고 있었다. 갑자기 난 교실 뒤로 가서 바닥을 청소할 때 쓰는 마대 걸레를 가지고 교탁 앞으로 왔다.

"자~지금부터 미국에서 막 건너온 인기 가수 민국이의 무대가 이어지겠습니다"

선진이는 칠판 앞에 마대 걸레를 들고 서 있는 나의 모습을 멍하니 바라보았다. 난 시끌벅적하게 신나게 노래를 하기 시작했다. 근데, 난 사실 노래를 잘 못한다. 하지만 민국이를 위해 집에서 혼자 거울 보며 열심히 연습해왔다. 드디어 보여줄 시간이다.

"텔레비전에 내가 나왔으면 정말 좋겠네. 정말 좋겠네~그렇지 히히"

"텔레비전에 너도 나왔으면 정말 좋겠다. 그렇지? 히히"

"춤추고 노래하는 예쁜. 내. 얼굴"

난 선진이를 웃게 하려고 온갖 웃긴 모양을 다 만들어냈다. 텔레비전에서 가끔 보던 엉덩이 춤도 추고, 마대 걸레를 마이크 삼아 교단 위를 마구 뛰어다녔다. 그러길 10여분, 선진이의 얼굴에 미소가 드리워졌다. 난 춤을 추고 노래하면서 기뻤다. 내가 선진이를 드디어 웃게 했기 때문이다. 체육시간이 끝나면서, 아이들이 교실로 우르르 들어왔다. 그런데 한 아이가 선진이와 나를 보면서, 혼잣말 비슷하게 중얼거리듯 지나쳤다.

"어라~ 이것 봐. 바보 둘이 쌍으로 앉아있네."

그 말을 듣는 순간 선진이는 고개를 책상에 푹 숙인 채 몰래 우는 듯했다. 난 의자를 박차고 일어나, 그 말을 한 아이의 뒤에 가서 어깨를 툭 쳤다.

"야! 너! 사과해!"

"뭘?"

"너가 좀 전에 지나가면서 한 말!"

"뭐. 바보라고 한 거? 야~ 그럼, 너희 둘을 뭐라고 불러야 되냐? 체육시간에 체육도 못하고, 쟤는 이제 잘 걷지도 못하고,

너는 원래부터 바보라고!"

그 아이는 비웃기라도 하듯 피식 웃으며 돌아섰다.

난 화가 났다. 날 욕하는 것 참아도 내 단짝인 선진이를 욕하는 건 참을 수가 없었다. 난 그 아이를 힘으로 바닥에 넘어뜨린 후 그 아이의 온몸을 때렸다. 정확히 어딜 때리려고 한 건 아니었다. 그냥 화가 나서 마구 주먹을 휘둘렀다. 그때 뒤에서 선진이의 목소리가 크게 들렸다.

"그만해. 그만하라고!"

난 내 밑에 그 아이를 깔고 고개를 뒤로 돌려 선진이를 봤다. 울고 있었다. 두 눈에서 눈물이 주르르 흐르고 있었다. 그때 선생님이 들어오셨고 우리의 소란은 그쯤에서 마무리되었다.

선생님은 우릴 교무실로 불렀다. 그리고 나의 설명을 다 들어 주셨다. 한참을 듣기만 하시던 선생님은 별 말씀 없이 다음부터는 싸우지 말라고 타이르기만 했다.

'난 다행이다' 하며 안도의 한숨을 쉬었다.

"선생님, 저 집에 가고 싶어요!" 민국이가 조용히 말했다.

"왜, 힘드니?"

"네, 몸도 힘들고, 집에서 쉬고 싶어요."

"그래도 좀 참아라. 아직 어머니가 오시려면 멀었는데.."

"제가 천천히 혼자 갈게요."

"안돼! 그래도, 그건 힘들어. 선생님이 어머니께 전화해보마."

선생님이 막 수화기를 들려고 할 때였다.

"선생님. 제가 데리고 갈게요. 나 선진이네 집 되게 많이 가봤어요. 길도 잘 알고요."

"그래? 우리 민국이가 할 수 있겠니?"

"그럼 요. 선진아 나하고 같이 갈래?"

선진이는 방긋 웃으며, 나의 질문에 가만히 고개를 끄덕였다.

난 선진이 가방은 앞에 메고, 내 가방을 뒤에 멘 후 선진이 옆을 따라 걸었다.

선진이는 앞 팔에 목발을 하고 한발한발 내딛었다.

교문 밖을 나섰을 때쯤 선진이는 나를 보며 한 마디 했다.

"민국아! 고마워!"

"아냐, 우린 친구인데. 뭐. 넌 나의 제일 좋은 친구야!"

난 엄지를 위로 치켜들며 자랑스럽게 말했다. 우린 10여분을 천천히 걸었다. 그런데 갈수록 선진이가 힘들어하는 것 같았다. 이마에서는 땀방울이 계속해서 흐르고 있었다.

옷까지 땀이 흘러내렸다.

"선진아, 우리 잠깐 쉬었다 가자. 힘들다!"

우린, 나무 그늘 밑 벤치에 잠시 앉아 휴식을 취했다.

봄 바람이 시원하게 불어왔다.

"민국아, 나 앞으로 평생 못 걸을 거 같아."

"왜? 왜 못 걸어. 병원가서 고치면 되지."

"그게. 엄마 아빠가 말하는 걸 들었는데, 나…못 고치는 병이래. 점점 기운이 빠져서 나중엔 정말 걷지 못할 수도 있대."

"에이! 무슨~ 그런 병이 어디 있어? 의사 선생님은 다 고칠 수 있어. 다시 병원 가봐!"

갑자기, 선진인 막 울기 시작했다.

난 가만히 있다가, 내 양팔을 벌려 선진이를 따뜻하게 안아 주었다. 그리고 등을 가볍게 두들겨 주었다. 한참을 울고 난 선진이는 훌쩍이는 목소리로 나에게 말했다.

"민국아. 너도 아프지?"

"나? 난 아픈데 없는데."

"아냐. 우리 엄마가 너도 태어날 때부터 아픈 거래, 그래서 얼굴과 몸도 크고... 얼굴도 나하고 조금 다르게 생긴 거래."

"아닌데, 우리 엄마는 나한 테 내가 사랑을 많이 먹어서 그런 거라고 했는데. 난 안 아파!"

"아냐. 너도 아파!"

"아냐, 난 안 아프다 구!"

이렇게 우린 논쟁 아닌 논쟁을 하다 결론은 내가 이겼다.

내 고집은 아무도 이기질 못한다.

우린 다시 걷기 위해 일어섰다. 선진이를 힐끗 봤다.

여전히 힘든 가 보다.

"선진아. 가방 들 수 있어?"

난 선진이 가방을 주고, 내 가방은 앞에 맸다.

"목발은 나 줘!"

"왜?"

"줘봐.."

난 목발을 앞에 들고 선진이 앞에 무릎을 굽히고 앉았다.

"등에 업혀!"

난 뒤로 팔을 돌려 등을 두들기며 말했다.

"정말?"

"그럼, 정말이지. 업혀!"

선진인 천천히 내 등에 업혔다. 그리고 내 목에 팔을 감았다. 난 목발을 땅에 짚고 무릎을 천천히 폈다. 그렇게 무겁진 않았다.

"야! 너 엄청 가볍다!"

"그래.."

난 등에 업힌 선진이를 살짝 살짝 들었다. 이렇게 등에 엎고 걸으니까, 꼭 내가 형 같다는 느낌이 들었다. 난 그 느낌이 좋았다. 어느정도 걸었을까, 선진이 집 근처를 알리는 신호등 사거리가 나왔다. 그런데 거기 선진이 아줌마가 서 있었다. 우리를 보고는 뛰어오고 있었다.

"선진이, 어디 다쳤니?"

"아냐, 내가 힘들다고 하니까, 민국이가 업어준 거야."

"우리 민국이 정말 고맙다!"

아줌마는 나를 꼭 안아 주셨다. 그리고 나 대신 선진이를 등에 업었다.

"아줌마! 항상 집에 올 때는 제가 선진이를 데리고 올 게요."

"정말, 그래 줄 수 있겠니?"

아줌마는 선진이 얼굴을 바라보았다.

"너도 나하고 오니까, 좋지?"

"그래!"

"그럼, 민국아 앞으로 선진이 좀 잘 부탁한다!"

그날, 난 집으로 돌아오면서 뭔 지 모를 뿌듯함을 느꼈다. 그리고 집에 가서 엄마, 아빠에게 오늘 일을 말했다. 엄마, 아빠는 내 머리를 쓰다듬으며 칭찬을 해 주셨다.

그날 저녁, 엄마와 아빠가 방에서 내 친구 민국이에 대해 말하는 걸 살짝 들었다.

"선진이 엄마도 참 힘들겠어요. 근육이 점점 없어진 다니 걷기도 움직이기도 갈수록 더욱 더 힘들어진다고 하던데... 이를 어쩐 데요."

"우리 민국이가 친구가 생겨서 정말 행복해했는데...안타까워서 어떡해요..."

그 다음날부터 선진이는 아침에 학교를 올 때에는 부모님이 등교를 시켜 주셨고, 수업이 끝나고 집에 갈 때는 내가 함께 갔다. 그런데, 집에까지 가는 시간이 처음에는 20분이 걸렸는데, 갈수록 점점 시간이 길어졌고, 내가 업고 가는 거리도 점점 많아졌다. 하지만, 그 때문인지 선진이와 나의 찐한 우정은 점점 깊어져만 갔고, 선진이와 나는 행복과 슬픔을 함께하는 진정한 가족 같은 우정을 나누고 있었다. 난 이제 학교에 공부를 하러 가는 것이 아니라, 선진이의 손과 발이 되기 위해 학교에 가고 있는 것 같았다. 예전처럼 같이 뛰어놀지는 못했지만, 나의 이야기에 귀를 기울여주고, 나와 함께 있어주는 귀여운 내 친구 선진이가 난 너무나 좋았다. 고마웠다. 그렇게 우리는 함께 서로 의지하며 등교와 하교를 했고, 어느덧 1년이라는 시간이 흘러 추운 겨울이 되었다. 갑자기 선진이는 큰 병원에 입원을 했다. 병원에 입원한 그 날 이후부터 난 선진이를 볼 수 없었다. 선생님 말로는 큰 대학병원에 입원을 하면서 학교를 그만두고, 치료에 집중하고 있다고 했다. 난 선진이를 꼭 만나고 싶어서 집까지 찾아갔다. 하지만 그 집에는 다른 사람이 살고 있었다. 갑작스레 학교를 그만두고 이사까지 한 것이다. 난 다시 친구가 없는 외톨이가 되었다. 아니 더 심한 외톨이가 되었다. 여전히 학교 아이들은 나를 피하고 싶어한다.

같이 아플래

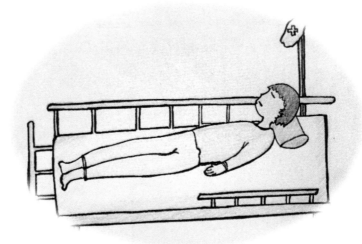

아프지마! 내 친구 선진아!

　내 친구는 오직 선진이 뿐이다.

난 매일 아침마다 선진이를 처음 본 그 나무 밑 의자에 앉아, 선진이가 다시 튼튼한 발로 저 운동장을 뛰어와서, 나와 즐겁게 포옹을 할 날 만을 손꼽아 기다렸다. 아주 가끔은 멍하니 운동장을 바라보고 있으면, 선진이가 마치 나를 향해 뛰어오는 것 같은 환상이 보이기도 했다. 그러던 어느 날, 난 그 자리에서 어디서 많이 본 아줌마가 운동장을 지나쳐서 나를 향해 오는 것을 보았다. 선진이 아줌마였다. 난 그 자리에 얼음처럼 가만히 서있었다. 아줌마는 나에게 다가오더니, 슬픈 눈으로 한참동안 서서 나를 내려다보셨다.

"안녕하세요~"

난 어색한 듯 인사를 했다.

"선진이는 어디 있어요?"

씩씩하게 물어본 나에게, 아주머니는 잠시 무릎을 구부리더니, 날 따뜻하게 꼭 안아 주셨다.

"민국아. 오랜만이다. 그 동안 잘 있었니?"

“네. 선진이는 어디 있어요? 어디 있어요? 네? 왜 혼자 오셨어요?”

“응. 선진이는 아파서 병원에 있어.”

“아직도 많이 아파요?”

“그래, 선진이가 우리 민국이를 많이 보고 싶어해.

혹시 민국아! 지금 나하고 병원같이 갈 수 있니? 집에 올 때 아줌마가 데려다 줄게!”

“아, 부모님이 걱정 하시겠다. 민국아, 어머니한테 아줌마가 말씀드릴께…”

“네. 저도 얼른 선진이 보러 가고 싶어요. 지금 당장 빨리 가요.”

난 아주머니의 손을 붙잡고 앞으로 이끌었다.

“그래, 알았어, 천천히 가도 돼!”

우리는 택시를 타고 20여분을 달렸다.

나도 가끔은 병원에 와서 검사를 한다.

의사선생님도 만나고, 간호사 선생님도 만나고 피도 뽑는다.

그래서 병원이 그렇게 무섭지 많은 않다. 아줌마와 난 차에서 내려 선진이가 있는 병실로 갔다. 7층의 엘리베이터를 타고 내리자 위에 '소아병동' 이라는 큰 표지판이 보였고, 병원게시판에는 크레파스로 그린 것 같은 그림 몇개가 걸려있다.

"민국아...여기야!"

아주머니는 723호라고 쓰여진 병실 앞에 섰다.

"네!"

난 병실로 천천히 들어가며 주위를 두리 번 두리 번 거렸다. 병실에는 침대가 5개나 되었다. 모두다 똑 같은 병원복을 입고 있어서 선진이가 어디 있는지 금방 알아볼 수 가 없었다.

난 작고 조그만 목소리로 말했다.

"선진아~ 선진아~"

그때 내 뒤에서 한 아이가 조용하게 말했다.

"민국아~"

난 뒤를 돌아봤다.

선진이가 침대에서 일어나 앉아 날 보고 있었다. 난 선진이에게 뛰어가 와락 끌어 앉았다.

얼마만인지 모르겠지만, 정말 100년 정도 지난 것만 같다.

"선진아. 선진아~~"

나도 모르게 그만 난 울음을 터뜨리고 말았다.

"엉...엉....엉..."

"민국아, 나도 너 너무 보고 싶었어. 연락 못해서 미안해."

선진이도 끓어오르는 감정에 울음을 터뜨렸다. 난 선진이를 안고 한참을 울다가 얼굴을 봤다.

원래도 말랐는데, 그동안 선진이는 살이 너무 많이 빠진 것 같았다.

"선진아...아직도... 많이... 아파?"

선진이는 별다른 말이 없었다.

"선진아...그때 왜 아무 말없이 그냥 갔어?

너희 집에 갔었는데, 아무도 없고, 이사했다고 하더라.

내가 얼마나 찾았는지 알아?"

"민국아...미안, 갈수록 자꾸 몸이 안 좋아져서 여기 저기 병원에 많이 다녔어. 이 병원에 온 것도 한달정도 됐어. 그리고…"

선진이는 그 다음 말을 하지 못하고 있었다.

"뭐?"

"민국아...나 이젠 더 이상 못 걸어. 다리에 힘이 없어."

선진이는 고개를 숙인 채 두 손으로 다리를 붙잡고 있었다. 그리고 환자복 위로 조용히 눈물이 뚝뚝 떨어지고 있었다. 난 잠시 휘둥그레 눈만 뜬 채 아무 말도 못하고 있었다.

"걱정 마, 선진아! 이젠 걱정하지마, 아무 걱정하지마. 내가 너랑 같이 다니면 되지. 이제부터는 내 다리가 너의 다리이다. 내가 너 업고 다 닐께. 나 힘 쎄다. 알지?

너 보다 내가 몸무게는 훨씬 많이 나가잖아. 거울로 봐 바...난 정말 큰 곰이 된 것 같아!"

우린 서로 웃으며 두 손을 꼭 잡고 기뻐했다.

그런데, 난 그날 집에 와서 마음이 너무 아팠다. 뼈만 앙상하게 있고, 더 홀쭉해 진 얼굴과 전혀 걷지 못하는 선진이가 너무나도 불쌍했다. 나의 유일한 친구가 아프다니, 왜 하필, 내 친구가 아픈 걸까? 밤새 걱정과 고민을 하다 잠에 들었다. 난 다음날 학교에 가지 않았다. 선진이가 보고 싶었다. 그래서 무작정 택시를 잡았다. 그리고 뒤좌석에 앉았다.

"아저씨! 서울병원이요!"

그때 아저씨는 내 얼굴을 보는 척 마는 척하더니 그냥 출발하였다. 난 지나치는 창문밖의 모습을 봤다. 뭐가 그리

바쁜지 사람들은 빠르게 걷기도 하고, 또 뛰는 사람도 있었다.
그리고 많은 차들이 마치 자동차 경주라도 하듯 빠르게 달리고
있었다.

그렇게 한참을 가고 있었다.

 "얘야, 다왔다."

 "네. 고맙습니다!"

난, 그 말만 한 후 택시 문을 열었다.

 "야~학생!"

 "네??"

 "너, 돈을 내야 지. 택시비!"

 "택시비요?"

 "그래, 택시를 타고 왔으니까 돈을 내야 지!"

 "아..얼만데요?"

 "7천원"

 "잠시만요!"

난 가방을 뒤지기 시작했다. 가방 안쪽 조그만 주머니에 천 원
짜리가 꼬깃꼬깃 몇 장 들어있었다.

 "아저씨, 여기요!"

난 돈을 펴서 내밀었다.

"얘야...돈이 모자르잖아!"

"아저씨! 미안한데요. 제가 나중에 드릴 게요.

저 지금 친구한테 빨리 가봐야 하거든요. 내 친구가 너무 아파서

지금 못 걸어요. 병원에 누워 있어요!"

"흠.."

아저씨는 한참 동안 나를 쳐다보더니, 뭔가를 생각하는 것

같았다. 그러더니, 갑자기 내 머리를 쓰다듬으며 말했다.

"에이~ 그래...그럼, 택시비 못낸 것까지 친구한테 잘해줘라!

알겠니?"

"아~네!"

난, 아저씨가 너무나 고마웠다. 허리를 꾸벅 숙여서 인사를 한

후 병원안으로 뛰어들어갔다.

하루만에 다시 찾은 병원이었다. 그런데, 도무지 어디가 어딘지

알 수 가 없었다. 엘리베이터를 타고 곧장 7층으로 갔다. 그리고

지나가는 간호사 누나를 잡고 물어봤다.

"저~ 누나~ 선진이 방이 어디예요?"

"선진이 찾으러 왔니? 나 거기 가는데 나하고 같이 가자."

난 예쁜 천사 누나를 따라 선진이가 있는 병실로 들어갔다. 연락없이 가서 그런지, 선진이는 날 보더니 깜짝 놀라는 표정이었다.

"민국아! 너 학교는 안 갔어?"

"응, 너 보고 싶어서 왔지!"

"야...그래도...학교는 가야지!"

"나에겐 학교보다 너가 더 중요해, 내가 너의 다리가 되어주겠다고 약속 했잖아!"

그때 선진이 아줌마가 병실로 들어오셨다.

"어머나, 민국아...여긴 아침부터 어떻게 온 거니...?"

아줌마도 나를 보더니, 선진이처럼 놀란 것 같았다.

그리고는 내 얘기를 듣곤, 학교에 전화를 해 주겠다고 했다.

물론 우리 엄마에게도 전화를 했다. 난 그날 오랜만에 선진이와 하루 종일 재미있게 놀았다. 비록 병원이라서 딱지도 없고, 장난감도 없었지만, 우리 둘이 함께 있다는 것 만으로 행복했다. 휠체어를 타고, 병원구경도 하고, 그림도 그리고, 신문지를 갖고 딱지로 접어서 같은 병실에 있는 다른 아이들에게 나누어 주기도 했다.

처음에는 다른 병실에 있는 아이들도 날 빤히 쳐다보았지만
재미있게 놀다 보니, 어느새 우린, 모두가 함께 놀고 있었다.
다른 아이들도 덩달아 즐거워하니 기분이 좋았다.
간호사 누나들도 한참 나를 보더니 귀엽다고 했다.
나를 좋아하는 것 같았다.
난 병실에 하얀색 가운을 입은 의사 선생님이 나타날 때 마다
선생님에게 옷깃을 잡고 말했다.

"선생님, 내 친구 선진이 좀 빨리 걷게 해 주세요!

얼른요, 꼭 이요..네?"

"그래...걱정하지 마라, 선생님이 잘 고쳐 줄게!"

선생님은 내 머리를 쓰다듬으며 말했다.

난 그 말씀을 믿는다. 왜냐하면, 의사 선생님이니까...

점점 해가 지고. 저녁이 되었을 때, 선진이 아줌마는 날 집에 데려다 주셨다. 난 정말 가기 싫었는데, 부모님이 걱정하신다고 다음에 다시 오라고 하셨다. 난 집에 가서 진짜로 부모님께 혼났다. 엄마와 아빠에게 말도 없이, 학교에 안 갔다고 야단을 맞았다. 엄마 아빠도 날 이해를 못한다. 난, 내 친구 선진이와 함께 있을 때 제일 행복하다. 내일 선진이를 못 본다고 생각하니 가슴이 아프고 슬퍼졌다. 매일 선진이 옆에 있고 싶었다.

난, 정말 선진이의 다리가 되어주고 싶었다.

그날 저녁, 나는 온몸이 뜨거워지면서 식은땀이 났다. 감기가 걸린 것 같았다. 엄마는 아침이 되자 병원에 가자고 하셨다.

난 기운 없이 아픈 목소리로 엄마에게 말했다.

"엄마, 나 서울병원으로 갈래!"

"민국아, 거긴 집에서 너무 멀어. 먼저, 우리 집에서 가까운

병원에 가자!"

"싫어, 난 꼭! 서울병원으로 갈 거야!"

난 온 몸을 흔들며 울면서 떼를 썼다. 몸이 무거워서 그런 가 집이 더 울리는 것 같았다.

"알았다, 알았어! 그래...서울병원으로 가자."

'갑자기, 얘가 왜 이러지?' 엄마는 중얼거리셨다.

난 아침 일찍 서울병원에 도착해서 의사 선생님의 진료를 봤다. 의사 선생님은 엄마에게 뭐라고 말을 하더니, 약 며칠 먹으면 괜찮아진다고 집에 가라는 것이었다.

'어...이게 아닌데...'

난 갑자기 진료실안에서 배를 움켜잡고 뒹굴었다.

"아~선생님! 나 많이 아파요. 정말 많이 아파요. 배도 아프고, 머리도 아프고 여기 입원할래요. 입원하고 싶어요!"

나의 떼쓰기가 시작되었고, 나의 어설픈 연기는 한동안 이어졌다. 의사선생님은 나의 그런 모습에 매우 놀라 하셨고, 엄마는 더 많이 놀란 것 같았다. 한참을 생각하시더니, 잠시 침묵이 흘렀고. 난 침을 꼴깍 삼켰다.

"제발 입원시켜주세요! 네~?" 난 의사선생님을 향해 간절하게 소원을 빌었다.

"우선 입원을 하고 상황을 보고 판단합시다!"

"야 ~~~호~~~~~" 난 크게 외쳤다.

나는 선진이와 같은 7층에 입원했지만, 같은 방은 아니었다.

뭐, 그래도 선진이랑 같은 곳에 있어서 좋았다. 엄마는 나를 걱정되는 눈빛으로 보셨다. 난 엄마를 안심시키고 싶었다.

"엄마! 나 이제 좀 괜찮은 거 같아. 이제 그만 가세요. 일 갔다가 저녁때 와요."

"민국아! 정말 혼자 있을 수 있겠어?"

"응, 걱정마요. 나 여기 와봤다고 했잖아. 옆방에 선진이도 있는데 뭐. 여기 간호사 누나들도 날 무지 예뻐해!"

"그럼, 엄마가 간호사 선생님께 말해 놓고 갈게, 우선 선생님들 말씀 잘 듣고 있어. 저녁때 올께!"

엄마는 그렇게 병원을 나가셨다. 나는 엄마가 나간 후 환자복을 입고 선진이 방에 몰래 들어갔다. 선진이는 만화책을 보고 있었다.

"선진아~"

선진이는 날 보더니, 오늘도 역시 놀란 것 같았다.

"선진아! 놀랐지?"

"어...민국아... 너 어떻게 왔어, 그리고 그 옷은 모야?"

"응, 나 여기 입원 했어. 옆방이야!"

"어디가 아파? 왜?" 선진이는 놀란 듯 물었다.

"사실은 감기가 걸렸는데, 너하고 같이 있고 싶어서 엄마한테 여기로 오자고 했어. 지금은 많이 좋아졌어. 약 먹어서 그런지 다 나은 것 같아. 너 뭐하고 있었어?"

"만화책보고 있었어, 민국아. 너도 볼래?"

병원침대는 우리 같은 어린이가 혼자 쓰기에는 좀 컸다.

물론, 난 통통해서 혼자 쓰기에 좋았다. 난 선진이와 같이 침대에 걸 터 앉아 만화책을 봤다.

그런데, 힘든 아침을 보내서 그런지 잠이 스르르 왔다. 눈꺼풀이 점점 내려갔다. 난 침대에 누워 잠이 들었다. 얼만큼 잤을까, 일어났는데 옆에 있어야할 선진이가 보이질 않았다. 난 눈꺼풀이 붙은 눈을 비비며 일어났다. 그리고 간호사 누나들이 많은 책상으로 갔다.

"누나~ 선진이가 안 보여요. 어디 갔어요?"

"응, 선진이는 좀 전에 엄마 랑 사진 찍으러 갔는데, 한시간쯤 있으면 올 거야!"

"사진이요?"

"그래, 좀 기다리면 올 꺼야!"

간호사 누나는 그렇게 말하고는 바쁘게 어디론 가 사라졌다.

난 선진이를 찾아 투덜거리면서 병원 이곳 저곳을 돌아다녔다.

아픈 환자들이 참 많았다. 그러다 우연히 선진이 아줌마를 봤다.

병원 한 구석의 의자에 앉아 계셨다.

　'아, 저기 계시네, 저기서 사진을 찍나?'

난 아줌마가 있는 곳을 향해 서서히 다가갔다. 그런데 선진이

아줌마가 우는 것 같았다.

머리를 푹 숙인 채, 어깨는 힘없이 축 늘어져 있었고,

손수건으로 입을 가린 채 계속해서 떨어지는 눈물을 닦아내고

있었다.

　"아줌마~"

난 조용히 아줌마를 불렀다.

　"어~ 그래. 우리 민국이 왔니?"

아줌마는 눈물을 닦고, 슬픈 눈으로 날 바라보았다. 그러더니 날

꼭 안아 주셨다. 그리고 내가 잘 이해가 안 되는 말들을 조용히

작게 말씀하셨다.

"우리 선진이가 너만큼 건강했으면 좋겠다. 그동안, 아줌마가 너에 대해 잘못 생각한 거...오해한 거, 이해못하고 못되게 말하고 행동한 거 정말 미안하다. 어른답지 못하게 편견을 갖고 널 대했어. 정말 미안하구나. 아줌마를 용서해 줄 수 있겠니?"

아줌마는 눈물을 닦으며 말씀하셨다.

그리고 더 이상 말을 하지 못한 채 포근하게 나를 안아 주셨다. 난 아줌마의 말을 다 이해는 못했지만, 아줌마에게 위로가 되고 싶었다.

" 아줌마! 괜찮아요! 우리는 그림자 친구인 걸요!

항상 딱 옆에 붙어 다녀서 지켜주는,

영원히 뗄 레야 뗄 수 없는 그런 그림자 친구요! "

난 내 마음이 아줌마에게 잘 전달되기를 진심으로 바라면서 조금은 신난 목소리로 하지만 천천히 또박또박 말했다.

"아줌마, 그런데 선진이는 사진 어디서 찍어요? 나도 같이 찍고 싶은데? 저 선진이하고 같이 찍은 사진이 아직 없단 말이예요!"

아줌마의 얼굴에서 살며시 미소가 지어졌다.

"민국아. 선진이는 사진 찍는 게 아니라, 커다란 기계로 검사하고 있는 거야!"

"정말요? 거짓말 아니죠?"

"그럼, 직접 가볼래?"

"네!"

"그럼, 조용히 해야 돼!"

난 아줌마를 따라 커다란 방에 들어가 봤다. 선진이는 큰 유리로 된 방안에 있었고, 커다란 원통형의 기계가 선진이 몸을 따라 돌고 있었다. 엄청 컸다. 내가 들어가고도 자리가 남을 것 같았다.

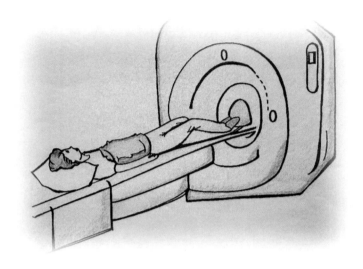

"민국아. 봤지? 기계로 검사하는 거 맞지?"

난 조용히 고개만 끄덕였다.

그날 저녁 엄마가 병원에 오셨고 날 퇴원 시키려 했다.

난 너무 싫었다. 계속 선진이와 병원에서 있고 싶었다. 난 다시 배를 움켜잡고 침대 위를 마구 뒹굴었다.

"엄마, 나 정말 많이 아파. 집에 못 갈 거 같아. 나 여기 일주일만 있게 해줘. 응~? 그럼 그 이후엔 집에 꼭 갈게."

난 새끼 손가락까지 내밀었다.

그때 선진이 아줌마가 우리 병실로 들어왔다.

"저~ 안녕하세요. 민국이 어머니, 전 선진이 엄마입니다. 잠시 얘기 좀 하실 수 있을까요?"

아줌마와 엄마는 복도 끝으로 가셨다. 엄마와 아줌마는 무슨 얘기를 오랫동안 나누셨다.

그리고 이야기 중간에 손수건으로 눈물을 닦으시는 엄마와 아줌마를 봤다. 엄마는 계속해서 고개를 끄덕이고 있었다. 하지만 무슨 얘기를 하는지는 알 수 없었다. 그리고 엄마가 천천히 나를 향해 걸어왔다. 약간 빨개진 눈동자를 하고 있었지만, 화난 얼굴이 아닌 믿어주고 응원하는 것 같은 미소로 나를 쳐다보고 계셨다.

"엄마...왜 그래?"

"음. 우리 민국이, 여기 좀더 있고 싶니?"

"응!"

"그럼, 딱 일주일이다. 알았지?"

난 병원에 있어도 된다는 말이 너무 기뻐, 난 병원 복도를 깡충깡충 뛰어다녔다.

그날 저녁 병원 침대에 누워 잠을 자려고 하는데, 어색하기도 하고. 왠지 무섭기도 하고 잠이 잘 오지 않았다. 난 선진이가 있는 병실로 갔다. 선진이는 잠이 들어 있었고, 아줌마도 옆에 놓인 간이 침대에 누워 잠을 자고 있었다. 난 조용히 선진이 옆에 누웠다. 왠지 잠이 잘 올 것 같았다. 그렇게 난 처음으로 내 친구 선진이와 같이 잠을 잤다.

다음날, 아침 선진이가 침대에서 뒤척이는 바람에 잠에서 깼다. 밖에 창문을 보니까 아직은 해가 뜨기 전이었고 살짝 어두웠다. 선진이는 자면서도 숨쉬는 걸 힘들어 하는 것 같았다. 계속해서 힘겹게 숨을 내쉬고 있었다. 숨쉬는 소리가 작았다가 커졌다가 툭툭 끊겼다가 갑자기 크게 몰아쉬고, 무서운 느낌마저 들었다. 난 너무 걱정이 돼서, 선진이를 흔들어 깨웠다.

"선진아, 선진아~일어나봐!"

선진이는 살짝 눈을 떴다.

"엄마, 엄마 좀..."

난 빨리 옆에서 주무시는 아줌마를 깨웠다.

"선진아, 왜? 어디가 불편하니?"

"나, 숨쉬기가 힘들어."

"알았어, 잠깐만 기다려!"

그리고는 아줌마는 재빨리 밖으로 뛰어나가셨다. 난 무서웠고 두려움에 선진이 옆에 조용히 앉아 있었다. 곧 하얀 가운을 입은 남자 의사 선생님과 2명의 간호사 누나가 들어왔다. 그 의사선생님은 선진이를 보고는 고개를 끄덕이시더니, 아줌마를 보고 조용하게 말했다.

"어제 제가 말씀드린 대로, 호흡근육이 약해지고 있습니다. 우선 호흡이 편할 수 있도록 산소 호스를 쓰도록 하겠습니다."

언제 가지고 왔는지 간호사 누나는 산소 호스를 선진이의 코에 걸어주었다.

그러자, 선진이는 점점 숨쉬기가 편해 보였다.

"엄마, 이젠 괜찮아."

의사 선생님은 목에 걸고 있던 청진기를 선진이의 가슴 여기저기에 대 보셨다.

"음...이젠 괜찮네요!"

"선진아 여기 끝에서 산소가 나오거든, 이거 빼면 안 된다!"

"네!"

의사 선생님은 가시고, 나도 걱정했던 마음이 조금 안심이 되자,

그 자리에 털썩 주저 앉고 말았다. 아줌마는 한참을 선진이 옆에 앉아 손을 꼭 잡고 계셨다. 선진이는 어느새 '쌕~쌕~' 숨을 쉬며 다시 잠이 들었다. 혹시라도, 난 선진이가 잠이 깰까 봐 조용하게 간이 침대에 앉아 있다가 내 병실로 와서 내 침대에 누웠다. 좀 전에 선진이 얼굴이 내 머릿속에 너무나 생생하게 지나쳐갔다. 정말 무서웠다. 죽는 게 저런 건가 하는 생각도 들었다.

이러다가, 선진이가 죽는 게 아닌가 하는 생각에 너무 무서웠다. 얼마 후, 병실 복도에는 많은 의사선생님과 간호사 선생님들이 이리 저리 병실을 들어갔다가 나오고, 또 다음 병실로 들어가서 환자 상태를 체크했다. 드디어 내가 있는 병실로 많은 선생님들이 한꺼번에 들어왔다. 그리고 아이들 한 명 한 명씩 상태를 물어보고, 영어로 선생님들끼리 대화를 하기도 했다. 그리고는 다음 침대에 있는 아이에게 다가가서 똑 같이 확인하시고는 드디어 나의 차례가 되었다. 난 숨 죽이고 가만히 대기하고 있었다. 그런데 내 앞에 온 의사 선생님은 나를 한번 보신 후, 웃으면서 딱 한마디만을 하고 가셨다.

"잘 잤니?"

난 급하게 의사 선생님을 불렀다.

"저~ 선생님. 전 왜 이렇게 짧아요?"

의사 선생님은 방긋 웃더니 내 머리에 손을 대고 머리카락을 앞뒤로 문지르면서 말했다.

"넌 선진이하고 같이 있으려고 여기 있는 거 아니니?"

"네!" 난 조그만 목소리로 말했다.

"그럼, 선진이랑 잘 지내라~!"라고 하시며 의사 선생님은 웃어 주셨다.

"네!" 난 씩씩하게 대답했다.

놀이공원, 여긴 천국

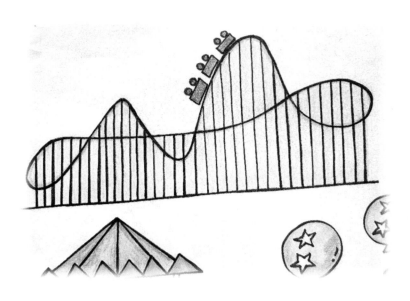

우리의 우정, 영원히

　난 비밀을 들킨 사람처럼 고개를 숙이고 작은 목소리로 말했다. 의사선생님들은 모두 병실 밖으로 나갔고, 나도 따라 나가서 복도 한쪽에 가만히 서 있었다. 잠시 후 의사선생님과 선진이 아줌마가 병실 밖에서 오랜 시간동안 대화를 하는 것 같았다. 난 그새, 내가 있는 병실을 나와 선진이가 있는 병실로 가고 있었다. 병실밖에서는 선진이 아줌마와 의사선생님이 계속해서 얘기를 나누고 있었고, 아줌마는 그냥 가만히 듣고 계셨다. 의사 선생님이 계속 말을 하는 것 같았다. 그리고 난 발가락에 힘을 주고 사분사분하게 걸으며, 선진이가 있는 병실로 가서는 곤히 자고 있는 선진이 침대 옆 의자에 앉았다. 선진이 얼굴을 보고 있는데, 그냥 좀 말라서 그렇지, 크게 아파 보이지는 않았다. 잠시 뒤 아줌마가 물병을 들고 병실로 들어왔다.

　"민국이 왔니? 선진이 조금 더 자다가 금방 깰 꺼야, 그때 놀아, 알았지?"

　"네!"

"그리고, 민국아, 선진이는 일어나면 점심 먹고 퇴원할 꺼야, 그러니까 너도 집에 가자. 아줌마가 어제 너희 엄마한테 말해 놨으니까, 이따 엄마가 오시면 집에 가도 돼!"

"정말이요? 선진이 퇴원해요?"

"응, 병원에 너무 오래 있었어. 선진이도 집에 가고 싶어 하구." 아줌마는 한참을 망설인 후 내 손을 살짝 잡더니 웃으면서 나에게 말했다.

"민국아! 혹시 선진이 퇴원하면 아줌마하고, 선진이하고, 우리 놀이동산 놀러 갈래?"

난 놀이동산이라는 말에 깜짝 놀랐다. 아직 가본 적이 없기 때문이다.

"정말이요? 네! 좋아요! 좋아요!"

점심을 먹은 후, 선진이는 산소통이 달려있는 휠체어를 타고 병원을 나왔다. 아줌마가 휠체어를 밀고, 나는 선진이 옆에서 뛰듯이 걸었다. 처음 와본 놀이동산은 정말 멋졌다. 알록달록 활짝 핀 꽃들, TV와 만화책에서 봤던 만화 주인공 인형들이 옆에 서있었다. 그리고 신기한 놀이기구도 있었고 한쪽에는 동물들도 놀고 있었다. 사자, 호랑이, 펭귄, 타조, 말, 부엉이, 독수리,

책에서 본 모든 동물들이 실제로 살아서 움직이고 있었다. 그 중에서 가장 좋았던 점은 내가 친구와 함께 이곳에 왔다는 것이었다. 선진이와 난 분홍빛 장미꽃을 배경으로, 만화책에 나오는 주인공 캐릭터들과 함께, 그리고 귀여운 동물들과 함께 폴라로이드 사진도 찍고 재미있게 놀았다. 찍은 사진을 바로 확인하니까 너무 신기했다. 그리고 커다란 곰 인형이 걸어와서 우리에게 손을 흔들며 인사를 했을 때, 난 너무나 깜짝 놀라서 쓰러질 뻔했다. 정말 행복했다.

여긴, 천국이다

놀이동산에서 신나게 놀고 저녁을 먹은 후, 선진이와 나는
테이블 옆에 나란히 앉아서 떨어지는 해를 바라보고 있었다.
잠시 아줌마가 자리를 비운 사이, 선진이가 내 손을 꽉 잡고
말을 하기 시작했다.

"민국아, 고마워"

"뭐가?"

"그냥...아픈 내 옆에 있어줘서"

"그건 당연하지, 우린 그림자 같은 친구인데, 절대로 떨어질 수
없는 그런 친구!!"

"음. 사실...나 내일부터 시골 내려가, 거기서 오랫동안 있을
거래. 이젠 널 만나지 못할 것 같아.

"싫어, 나도 시골 같이 가면 되잖아. 내가 업어주고 하면 되지!"

"아냐, 거긴 너하고 같이 가수 없는 곳이야. 아주 먼 곳 이래"

나의 얼굴은 서서히 일그러지기 시작했다. 그리고 알 수 없는
감정에 답답함이 밀려왔다.

"왜? 왜? 나도 갈 수 있어, 아니, 가고 싶어, 너와 함께 있고

싶어, 우린 친구잖아"

"알아, 나도. 그런데, 엄마가 멀리 간데, 여기서 아주 먼 곳이라서 당분간은 만나기 힘들다고 했어. 그래도 걱정하지마, 내가 건강해지면 꼭~ 다시 널 만나러 올 거니까?"

선진이는 침착하게, 마치 누나처럼, 천천히 설명해 주었다.

"선진아! 우리 그럼...또 못 보는 거야? 언제 볼 수 있는 거야? 언제 올 건데?

"민국아, 내가 다 나으면...그때 꼭 보자!"

어느새 내 눈에서는 눈물이 주르르 흐르고 있었다. 선진이도 울먹이고 있었다. 그리고 선진이는 테이블 옆에 놓인 큰 상자를 나에게 주었다.

"민국아. 이거, 받아! 선물이야."

난 선물을 옆으로 툭 치며 말했다.

"선물 같은 거 필요 없어, 나 이런 거 없어도 돼. 난 너만 있으면 된다고!"

"알았어, 시골 갔다가 다 나아서 금방 올 게!"

"그럼, 약속해! 꼭 금방! 다 나아서! 나 만나러 오겠다고!"

우린 손가락을 걸고 약속하고, 엄지손가락으로 도장까지 꼭 찍었다. 그리고 난 선진이를 힘껏 안아 주었다.

그리고 작게 말했다.

"선진아, 건강해야 돼!"

그날 우린 그렇게 헤어졌다.

다음날, 책상위에 놓인 큰 선물 상자를 보았다. 선물상자를 보기만 했는데 갑자기 눈물이 났다. 한참을 울고 난 후 천천히 선물 상자를 열어보았다. 엄마가 내가 좋아하는 맛있는 밥을 먹으라는 소리도 오늘은 들리지 않았다. 그때, 선진이가 준 커다란 선물상자가 눈에 들어왔다. 난 천천히 뜯어보았다. 귀여운 곰돌이 인형이 나를 보고 있었다. 그리고 그 인형을 보는 순간 참았던 울음이 더 크게 시작되었다. 선진이가 너무 보고 싶었다.

상자 안에는 귀여운 곰돌이 인형이 있었고, 인형의 가슴 위에 한 장의 편지와 놀이동산에서 함께 찍은 여러 장의 사진이 있었다.

선진이의 편지

나의 유일한 친구 민국이에게

내 친구 민국아!

민국아, 너가 있어서 정말 즐거웠어.

처음 만날 때부터 지금까지 난 너에게 도움만 받은 거 같아.

내가 얼른 나아서, 나도 너를 많이 도와주고 싶어.

어른이 되어도 항상 함께하는 멋진 친구가 되자!

아픈 나를 위해 가방을 들어주고 업어주고, 그동안 내 곁을 지켜줘서 고마워.

PS: 날 닮은 곰인형이야. 나라고 생각하고 잘 해줘

내 책상위엔 선진이를 닮은 곰인형이 날 웃는 얼굴로 바라보고
있다.

보고 싶다.

나의 소중한 그림자 친구!